Pingos de chuva na minha janela

Translated to Portuguese from the English version of

Raindrops on my Window

Dr. Omkar Bhatkar

Ukiyoto Publishing

Todos os direitos de publicação globais são detidos por

Editora Ukiyoto

Publicado em 2024

Direitos autorais © do conteúdo Dr. Omkar Bhatkar

Fotografia de capa por Krutika Shinde

ISBN 9789361723919

Todos os direitos reservados.

Nenhuma parte desta publicação pode ser reproduzida, transmitida ou armazenada em um sistema de recuperação, de qualquer forma por qualquer meio, eletrônico, mecânico, fotocópia, gravação ou de outra forma, sem a permissão prévia do editor.

Os direitos morais do autor foram afirmados.

Esta é uma obra de ficção. Nomes, personagens, empresas, lugares, eventos, locais e incidentes são produtos da imaginação do autor ou usados de forma fictícia. Qualquer semelhança com pessoas reais, vivas ou mortas, ou eventos reais é mera coincidência.

Este livro é vendido sob a condição de que não seja, por meio comercial ou de outra forma, emprestado, revendido, alugado ou de outra forma circulado, sem o consentimento prévio da editora, em qualquer forma de encadernação ou capa diferente daquela em que é publicado.

www.ukiyoto.com

Dedicado à mamãe e ao papai

Pedro Magalhães
Pratibha Joshi
Sunil Noronha
Ignasi Vendrell
Mark Aumoine
Nishtha Juneja

Conteúdo

Caracteres	1
Cena I: Sentimentos	3
Cena II: Papéis - Uma Cena do Passado	14
Cena III: Tentativas de retrabalho	16
Cena IV: O Café	28
Sobre o Autor	*35*

Caracteres

Smita

Smita passou a maior parte de sua vida equilibrando seu trabalho e casa. Seu trabalho como bibliotecária é seu único consolo que lhe permite uma fuga de sua casa. É uma mulher clara, prática e emotiva. Ela não está exatamente preocupada com a pressão da sociedade e toma sua própria decisão. Ela é independente, bem lida e inteligente. Alegrias simples da vida, como a chuva, a fazem feliz. Sua vida gira principalmente em torno de sua casa, filhos e marido. Seu consolo são seus livros e as alegrias de beber xícaras quentes de chá na chuva.

Nishikant

Nishikant é um workaholic. Ele dedica a maior parte de seu tempo aos seus negócios. Mas também cumpre suas responsabilidades como pai e marido. Com seu apoio econômico, ele traz conforto para a família, mas no processo perdeu o contato com Smita a quem ele ama muito. Smita cuida dos filhos e das responsabilidades familiares e Nishikant a admira pelo mesmo. Mas, ao desempenharem os papéis sociais que lhes são atribuídos, eles gradualmente perdem a conexão uns com os outros. Ele sempre foi um homem estereotipado da casa e não está acostumado a mostrar sua turbulência interior. Muita coisa fica por dizer.

Ambos têm três filhos adultos. Smita e Nishikant estão casados há cerca de 23 anos. Apesar de estarmos juntos, há um vazio que acaba por assumir a forma de tédio.

A peça estreou em Mumbai, no St. Andrew's Centre for Philosophy and Performing Arts, em agosto de 2022, Dirigida pelo Dr. Omkar Bhatkar, Nishikant foi interpretada por Prasant Nalaskar e Smita foi interpretada por Rekha Shetty.

Cena I: Sentimentos

Na sala de uma família de classe média alta e uma mulher solitária (Smita) em casa, por volta das 11 horas da manhã, que acaba de terminar suas tarefas matinais, está lendo um livro de poesia interrompido por um toque de telefone. A casa está cheia com a chuva matinal que jorra de todas as janelas abertas e cortinas brancas se movendo com a brisa.

(Ye re ghana...♪ poderia ser tocado a partir do álbum *Aawaz Chandnyache* cantado por Asha Bhosle)

O telefone toca

Smita :

Sim, estou. Como está? E como está Sarah?

Smita :

Claro, eu virei para a convocação de Sarah, não uma pergunta para fazer.

Smita :

Sim, Nishi me perguntou também ontem. Mas eu não tinha certeza se você ficaria bem com isso, então eu não disse nada.

Smita :

Priya, Nishikant e eu não temos escrúpulos entre nós. Não se preocupe com isso. Acho que você está pensando demais na nossa decisão de separar, não é tão agressivo ou feio.

De qualquer forma, você vai voltar para casa hoje, certo?

Smita :

Tudo bem! Vamos conversar pacificamente então.

Nishikant entra no palco conversando ao telefone em Marathi falando incoerentemente com outra pessoa

Luz desaparece

A luz muda lentamente para amarelo quente de branco e Smita se dirige ao público e, em seguida, lentamente se move para fazer de limpeza na casa enquanto diz suas falas ao longo da cena.

Smita (para si mesma) :

Por que todo mundo acha que eu sou infeliz? Como eles sentem que nós dois não conseguimos lidar? Por que todo mundo está se comportando assim? Quando tomamos essa decisão, todos os familiares e vizinhos próximos e distantes vieram conversar conosco, como se algo estivesse errado com o que estávamos fazendo. Pediram-nos até para fazer aconselhamento. Alguns deles disseram que separaria essa unidade chamada família. Um deles realmente disse que talvez seja porque o relógio biológico está correndo, e ele deve estar não tendo interesse em mim. Alguns deles pareciam saber melhor do que nós e simplesmente disseram: "Não há nada de errado, apenas que ambos estamos nos comportando de forma infantil e estúpida".

Outro ponto de perfil em Nishkant vestido com seu traje formal, sentado em sua mesa que está na casa, mas tem a aparência de uma mesa de escritório

Nishikant (para si mesmo) :

Meu filho, Raghuvendra, duvidava ou mais ou menos me questionava se eu tinha outra pessoa na minha vida. Ainda não sei se ele era tão carinhoso com a mãe, que realmente ficou de olho em mim e começou a me seguir até os lugares que eu frequentava.

O que me surpreendeu é que ele leu minhas mensagens de WhatsApp,

Ele achou que eu não entendi. Fiz e fingi que estava tudo bem. É realmente importante ter alguém na vida como causa para deixar outra pessoa? Não vou negar que tive outra pessoa na minha vida. Mas não foi na época em que decidi me separar da Smita.

Ninguém poderia igualar o que Smita foi e é na minha vida hoje. Ela é o alvorecer da minha vida e talvez esse seja o problema. Não se pode ficar acordado para sempre, também se precisa da escuridão da noite........

Smita (para si mesma) :

Nós dois achamos que sabemos as razões, mas, na verdade, nós dois sabemos que não há razões, e talvez isso seja razão suficiente.

Nishikant me pediu o divórcio após 23 anos de casamento. Mas foi apenas o dia em que eu estava lendo um artigo de um autor cujo nome eu já esqueci que me impulsionou a agir de acordo com o que ele havia pedido há três anos.

Eu não deveria ter lido aquele artigo cujo nome não me lembro. Ele era um filósofo dinamarquês, sua escrita me deixou noites sem dormir com sua ideia de que 'é melhor se perder na paixão do que perder a paixão.

Nishikant (para si mesmo) :

Ela sempre viveu uma vida segura comigo. Estou surpreso que ela tenha corrido esse risco para dizer que sim. Mas tudo agora é repetitivo, cada dia exatamente como o anterior.

E paixão? Bem, eu amo minha esposa. Não é que eu não a ame, mas não há nada para esperar. Não posso continuar assim........ Há uma sensação de falta de sentido que persiste neste casamento agora.

Smita (para si mesma) :

Todas as manhãs, quando abro os olhos para o chamado 'novo dia', tenho vontade de fechá-los novamente, ficar na cama e não me levantar. Ouça a chuva implacável que absorve o som de todo o resto. Não me apetece refrescar-me ou aventurar-me na cozinha. Mas eu não posso fazer isso. Posso?

Desde que me casei com Nishikant, os ponteiros do relógio ficaram cada vez mais lentos até pararem. A vida pausada na eterna repetitividade.

Nishikant (para si mesmo) :

Gostaria de saber se a bateria do relógio acabou. Mas tentamos trocar a bateria recarregando-a. Saímos de férias, só nós dois. Até lemos juntos e assistimos a concertos juntos. Começamos a passar muito tempo juntos, sim, funcionou por algum tempo. No ano passado, até fomos a Ladakh, embora ela insistisse que deveríamos ir a Cherrapunji. Eu não entendia o que faríamos em Cherrapunji e isso também em novembro.

Smita (para si mesma) :

Chove lá mesmo em novembro, ele nem sabia disso.

Nishikant (para si mesmo) :

Deus sabe onde ela leu sobre esse oro...

Smita (para si mesma) :

Chuva orográfica, as nuvens de monção voam desimpedidas sobre as planícies de Bangladesh por longas distâncias como um tapete mágico flutuando no céu azul. Depois disso, eles atingiram as colinas Khasi verdes de veludo, A geografia das colinas com muitos canais de vale profundo englobando as nuvens carregadas de umidade de voo baixo de uma ampla área converge sobre Cherrapunji. Esta quantidade extrema de precipitação é talvez a característica mais conhecida da chuva orográfica no nordeste da Índia. Mas ele nem se deu ao trabalho de saber mais.

Tudo o que ele sabe é que não quer ir para Cherrapunji.

Nishikant (para si mesmo) :

Não sei quais livros turísticos ela lê em sua biblioteca. E livros turísticos deveriam escrever sobre a neve do

Himalaia e não sobre a paisagem de Cherrapunji. Gostaria de saber se ela leu isso em algum livro de geografia.

Smita (para si mesma) :

Acabamos indo para o Himalaia.

Nishikant (para si mesmo) :

Mas quando voltamos para casa, retomamos nossa antiga vida mundana. || Houve momentos em que eu a desejei e ela se envolvia em colocar Mana para dormir.

Smita (para si mesma) :

Por mais que eu desejasse me envolver em seus braços. Houve noites em que eu estava tão cansado que simplesmente adormeci no quarto da criança. || O amor foi desaparecendo lentamente. À medida que os ponteiros do relógio estavam a abrandar, chegou um momento em que o tempo simplesmente parou. Foi então que li o artigo.

O que há de errado com a rotina e o tédio?

Nishikant (para si mesmo) :

Tédio, o estado de estar cansado e inquieto por falta de interesse.

Smita e Nishikant (para si mesmos) :

Sim, nós dois tínhamos perdido o interesse um pelo outro, por esse casamento que não passava de uma rotina.

Nishikant (para si mesmo) :

E se ela me deixar um dia?

A primeira coisa que fiz foi tentar responder a todas as minhas perguntas. E quanto mais perguntas eu respondia, mais perguntas apareciam. Ela está apaixonada por outra pessoa? A gente nem faz amor com a frequência que fazíamos, será que ela já está com outra pessoa?

Smita (para si mesma) :

Ele acha que eu encontrei outra pessoa porque não demonstrei muito interesse em sexo nos últimos três anos? Não ter interesse em sexo pode ter inúmeras razões do que apenas estar com outra pessoa.

Nós nunca temos brigas de ciúmes, e eu costumava pensar que era ótimo, mas depois de uma manhã. Comecei a suspeitar que talvez nossa falta de ciúmes significasse indiferença.

Depois de passar algum tempo na biblioteca, eu costumava voltar para casa e entrar no reino encantado do meu mundo doméstico, tudo parecia maravilhoso por algumas horas até que todos fossem para a cama. Então, lentamente o pesadelo começaria.......

Nishikant (para si mesmo) :

Eu não conseguia dormir aquelas noites. Quando a noite caía e Smita dormia profundamente, eu ia até a varanda, acendia meu cigarro e olhava para as estrelas no céu. Costumava ser aqueles momentos frágeis de realização em que eu me questionava se amor e casamento eram as mesmas coisas. Ou tudo é bonito e mágico quando é novo e fresco? Uma vez que a perseguição acabe e tenhamos essa beleza em nossas mãos, então perdemos sua essência? Não é para que todas as novidades rapidamente se tornem hábitos.

 E a terrível sensação de que estou desperdiçando os melhores anos da minha vida em um padrão que se repetirá várias vezes até morrer como uma estrela caindo, ardendo em minha própria glória.

Smita (para si mesma) :

Tentei me distrair desses pensamentos. Comecei a ler revistas de moda feminina na biblioteca; Comecei até a resolver as palavras cruzadas do jornal todos os dias. Às vezes, eu fazia compras no supermercado desnecessariamente e alimentava a família com pratos diferentes. Cheguei a pensar em ser voluntário no lar da Velhice ali perto, para buscar consolo no sofrimento alheio.

Nishikant (para si mesmo) :

Abro o jornal e leio do início ao fim. Vejo relatos intermináveis sobre acidentes, pessoas desabrigadas pelo tsunami, crise migratória. A pandemia que matou toda uma geração de idosos em Espanha.

A dissidência crescente e o linchamento coletivo, o aumento do desemprego e a disseminação de crimes de ódio.

Smita (para si mesma) :

Mudei de canal. Eu me inscrevi na Netflix e vi filmes dia e noite. Por algumas horas, eu costumava esquecer tudo. À noite, eu tinha medo que meu marido acordasse e perguntasse: 'O que há de errado Smit? E o que mais eu poderia dizer senão que nada, está tudo bem.

Uma noite vi um filme. Não me lembro do título agora que depois do divórcio uma mulher solteira vai viajar para a Europa e acaba comprando uma casa em ruínas lá e decide fazer dela uma nova casa e nunca mais voltar. Foi então que percebi que era uma mulher dividida entre o terror de que tudo poderia mudar e o terror igual de que tudo poderia continuar exatamente igual pelo resto dos meus dias.

Nishikant (para si mesmo) :

O casamento parecia inútil agora. Uma viagem deve ter um propósito; nosso casamento cessou seu propósito e não vejo sentido em levá-lo a lugar nenhum. Não é que o Smit tenha algumas falhas, mas é que eu não vejo falhas. O casamento depois de vinte e três anos acabou de virar rotina, nada mais é do que um hábito.

Manter o mesmo fogo aceso após vinte e três anos de casamento me parece uma completa impossibilidade. E cada vez que finjo na frente dela que está tudo bem, morro um pouco por dentro.

Smita (para si mesma) :

Houve também momentos em que senti que minha vida fazia todo o sentido, que esse é o papel de um parceiro para completar a incompletude.

"As crianças sentem que a mãe está tão cheia de alegria, o pai está lá quando necessário e toda a casa simboliza a perfeição. Cada um fazendo a sua parte de forma eficiente e, portanto, a família, e a casa pareciam perfeitas.

Provavelmente fomos inspiradores para os outros ou invejados por nossos amigos e familiares. Eu realmente não sei, mas éramos uma família que ficava junta feliz.

E então, de repente, sem motivo, eu entrava no chuveiro e caía em lágrimas. Eu posso chorar lá porque ninguém pode ouvir meus soluços ou me fazer aquela pergunta que eu mais odeio: "Você está bem?"

Nishikant (para si mesmo) :

Às vezes, quando eu perguntei qualquer coisa para ela. Ela apenas se levantava devagar como se não me ouvisse, caminhava até a janela e ficava olhando para os contornos nebulosos das árvores na janela. Ela simplesmente não fala às vezes. Eu me pergunto se é a chuva ou é outra coisa.

Smita (para si mesma) :

Tal é a natureza da alma na estação das monções, o que nos faz olhar para os meandros de nossas almas, o que não seria possível em outras estações como a monção. Às vezes, o derramamento é tão poderoso que fecha todos os ruídos e tudo o que você pode ouvir é chuva. É quando você se escuta.

Nishikant (para si mesmo) :

É difícil entendê-la agora. Eu me pergunto quando ela se tornou tão imprevisível!

Smita (para si mesma) :

É bobo para mim agora culpar Kierkegaard ou o filme que eu vi. O artigo só me fez pensar no que sempre esteve dentro de mim, só que eu nunca o reconheci.

Nishikant (para si mesmo) :

Acredito que algumas pessoas passam anos permitindo que a pressão se acumule dentro delas sem nem perceber, e então um dia algum pequeno incidente desencadeia uma crise.

Smita e Nishikant (juntos) :

"Já me fartei, não quero mais isso

Smita *(para si mesma) :*

Mulheres como eu só pensam e não agem de acordo com nossos pensamentos. Eu sei disso

Vou reprimir meus sentimentos até que o câncer comece a me comer por dentro.

Apagão

(Paus datlela ♪ pode ser tocada a partir do álbum *Gaarva* de Milind Ingle)

Cena II: Papéis - Uma Cena do Passado

Nishikant :

São 6-30 da manhã. Eu acho que você deveria ir e pegar Mana para cima.

Smita :

Por que não trocamos de papéis de uma vez? Você vai para a cozinha e eu rego as plantas.

Nishikant :

Isso é um desafio?

Smita :

Não, não é um desafio. Eu só quero mudar um pouco as coisas.

Smita :

Depois de regar as plantas, tomei um banho e o que vi foi a mesa perfeitamente posta com frutas, pão, manteiga, poha. É realmente um ótimo café da manhã.

Nishi, precisamos ter uma conversa esta noite.

Nishikant :

Vamos a algum lugar para jantar então.

Smita :

Em algum lugar, sem música tocando em nossos ouvidos e em algum lugar silencioso onde as pessoas não estão falando no topo de suas vozes. Em algum lugar tranquilo! Bandra tornou-se um lugar muito barulhento para comer ou jantar.

As luzes gradualmente se apagam

(Chhaya Ghanaichhe Bone Bone pode 🎵 ser interpretada por Rabindranath Tagore e cantada por Hemant Kumar)

Cena III: Tentativas de retrabalho

Ambos comiam em uma mesa redonda branca no centro do palco, com apenas um holofote sobre eles

Nishikant (para si mesmo) :

Comemos em silêncio. O garçom já foi à nossa mesa duas vezes para ver se terminamos, mas nem tocamos no prato. Posso imaginar o que ela está pensando enquanto está engolindo o vinho goela abaixo. Ela está pensando em mim sobre como me fazer entender seu estado, sua apatia.

Smita (para si mesma) :

Imagino o que ele está pensando enquanto engole o vinho goela abaixo. Como posso ajudar a Smit? O que posso fazer para fazê-la feliz?

Nada, nada mais do que ele já está fazendo. Eu não gostaria que ele chegasse em casa com algum vestido novo e um buquê de flores.

Nishikant (para si mesmo) :

Eu posso facilmente conseguir um novo saree para ela, mas estou ciente de que ela não iria gostar.

Mas o que exatamente está faltando em nossa vida?

Smita (para si mesma) :

O casamento virou um hábito, uma rotina. Estou ecoando as palavras de Nishi? Tudo o que fazemos é cuidar das responsabilidades. Quando as crianças eram pequenas, nós cuidávamos delas intrínsecas. À medida que cresciam, precisavam de mais atenção. Passamos mais tempo com nossos filhos do que com nós mesmos. No entanto, acredito que foi a necessidade da hora. Escola, faculdade e, finalmente, hoje os três estão em direções diferentes. É só a minha filha mais nova que nos visita com frequência e depois há pouca vida em casa. Caso contrário, a casa é um passeio no cemitério. Discutimos o salário de Kanta, detalhes bancários, contas de jornal, contas de luz, contas de supermercado, medicamentos e os reparos intermináveis.

Nishikant (para si mesmo) :

Sim, como esquecer os reparos? Tudo começou quando compramos um novo projetor e ele exigiu uma parede vazia em branco. Então nós repintamos a parede de branco, mas depois as outras três paredes ficaram sem brilho, então também as pintamos. A cor do teto era estranha, então escolhemos uma cor para complementar as paredes e, finalmente, o lustre foi abrupto do caminho, então o removemos, mas não havia uma boa noite amarela para as noites e, finalmente, conseguimos uma nova lâmpada de pé. Aos poucos, a reforma se espalhou por toda a casa.

Smita (para si mesma) :

Espero que o mesmo não aconteça com a minha vida. Espero que as pequenas coisas não levem a grandes transformações.

Nishikant se levanta enquanto recita a seguinte linha e se move pela área de sua mesa de escritório

Nishikant (para si mesmo) :

Fiz uma lista de coisas para fazer depois de ler um pouco aqui e ali.

Smita se levanta enquanto recita a seguinte linha e se move pela área de sua mesa de leitura

Smita (para si mesma) :

Eu também tenho minha própria lista de coisas a fazer para me proteger de cair de volta em um buraco negro.

(pausa longa)

Smita (para o público) :

Prefiro cozinhar. Cozinhar me ajuda a me concentrar. Envolve todos os cinco sentidos e me sinto feliz quando alimento minha família.

Nishikant (para o público) :

Toda vez que sinto raiva de algo, tento não reagir, mas apenas ficar calada. Muitas vezes, é só ir ao banheiro e colocar água no rosto. A água lava a sujeira da mente.

Smita (para o público) :

Eu bebo muita água fria. A água me revigora.

Nishikant (para o público) :

Passo horas olhando para o céu noturno.

Smita (para o público) :

Passo horas olhando para o sol afundando no mar.

Nishikant (para o público) :

Tento usar óculos todos os dias para esconder meus olhos insones.

Smita (para o público) :

Sorrio, mesmo com vontade de chorar. É difícil, mas eu me esforço muito. Provavelmente, sou bom nisso, pois ninguém notou minha dor.

Nishikant (para o público) :

Estou no tindr, tento passar um tempo lá conversando com as pessoas online, mas não tenho inclinação para conhecer ninguém. Já passou da hora.

Smita (para o público) :

Visito meu passado através de fotos e algumas cartas que escondo no fundo da alma.

Nishikant (para o público) :

Eu jogo Candy Crush para me distrair.

Smita (para o público) :

Continuo transmitindo filmes online para me distrair.

Nishikant (para o público) :

Desejo que a monção nunca chegue

Nishikant (para o público) :

Monção é meu único consolo e parece que vivo o ano esperando por esta temporada.

(pausa longa)

(Sons de trovões e chuva podem ser usados aqui, a cena transita para uma cena do passado)

Smita (para si mesma) :

Como esquecer aquela noite chuvosa! Eu estava encharcado pela chuva caminhando sobre minha trilha perto do Bangalô do Prefeito. Atravessei a estrada quando o sinal ainda estava verde e quando pisei na trilha do Barista. Vi pela janela nebulosa Nishikant tomando café com Aratrika. Eu podia olhá-lo através daquela janela, mesmo que fosse nebulosa, gotas de chuva na janela e ambos envoltos no calor da luz amarela. Discei o número dele do meu telefone, mas ele não atendeu.

Esperei.

Eu estava prestes a ligar de novo

e

Ele me mandou uma mensagem dizendo que .....

Nishikant (para si mesmo) :

Estou em uma reunião, vou ligar para você mais tarde.

Smita (para si mesma) :

Nishikant está sentado com Aratrika, tomando café. Se alguém tivesse me dito que talvez eu não acreditasse que fosse verdade. Mas aqui ele estava bem na frente dos meus olhos.

Finalmente, tenho uma razão sólida para ter ciúmes de algo.

Manish vinha me ligando há tantos dias para tomar um café, mas eu sempre dava algumas desculpas. Eu não queria encontrar um amigo de faculdade, agora. Acho que nós dois fomos atraídos um pelo outro, mas não deixamos essa faísca se transformar em fogo. Depois, perdemos o contato.

Há alguns meses, ele entrou em contato. Mas não dei tempo. Desta vez pensei, deixe-me também mergulhar em uma aventura. Afinal nosso casamento acabou de virar um hábito.

Nishikant (para si mesmo) :

E se tivesse sido minha esposa que tivesse encontrado um amigo há muito perdido ou mesmo um amor? Como eu teria reagido?

Eu diria que a vida é injusta, que não tenho valor e estou ficando velho.

Eu teria gritado puta ensanguentada.

Eu a teria invejado e fumado infinitamente e olhado para o céu noturno, por ciúmes.

Eu teria pedido para ela sair, fechando a porta atrás de mim. Nossos filhos não estão por perto.

Smita (para si mesma) :

O tédio pode nos fazer fazer coisas loucas. E ir atrás de um sonho tem seu preço. Manish não era um sonho, mas uma aventura com certeza.

E atendi ao chamado de Manish, que eu havia ignorado por tanto tempo. Eu precisava de um amigo, de uma companhia ou talvez de amor. Alguém que pudesse me fazer sorrir novamente, e me levar em novas aventuras. Alguém que pudesse me fazer rir e segurar minhas mãos para saber que não estou sozinho.

Fiz isso porque me senti sozinha, fiz isso porque achei que nosso casamento era uma rotina. Fiz isso porque precisava de uma pausa na mundanidade. Eu não fiz isso apenas porque o vi com Aratrika naquela noite, mas sim, isso me ajudou a tomar uma decisão que eu tinha adiado até agora.

Eu não quero voltar muito tempo na vida um dia e me perguntar o que se eu tivesse aberto essa porta para Manish? Não quero ser apanhado por um enigma de decisões não tomadas. Não quero me arrepender, mesmo que isso signifique colocar tudo o que resta em jogo. As crianças estavam crescidas e eu tinha cumprido meus deveres como mãe. Eu também não falhei como esposa, mas como eu mesma, falhei comigo mesma? É hora de fazer algo para minha própria felicidade, mesmo que isso signifique ser egoísta. Toda a nossa vida que passamos a doar-nos aos outros, deixe-me dá-la a mim mesmo.

(Chhaya Ghanaichhe Bone Bone contd... ♪)

Nishikant (para si mesmo) :

Com o tempo, Smita perdeu toda a paixão que só havia ficado nos últimos três anos. O amor, enfim, é um hábito. Aos poucos, desistiu de cuidar das coisas em casa, pois pensou:

Smita (para si mesma) :

Se eu conseguir equilibrar o mundo externo do trabalho e o mundo interno de casa, então definitivamente ele pode.

Nishikant (para si mesmo) :

Infelizmente, minha mãe não me criou para cuidar das preocupações domésticas. Mas aos poucos tive que cuidar de tudo, desde manter a casa limpa até lavar roupas, pagar contas de todos os tipos. Desde cuidar das necessidades das crianças no exterior até o que Kanta precisava na cozinha, eu fiz isso.

Eu estava lutando as batalhas domésticas sozinho. Smit havia desistido de cuidar de qualquer coisa. Eu poderia ter gritado e gritado. Mas isso ajudaria? Isso só acrescentaria nada além de uma briga e, provavelmente, uma separação. E era a separação que eu precisava?

Smita (para si mesma) :

Comecei a sair com frequência. Passei muito mais tempo na biblioteca e conheci Manish quase todos os dias. Mas aos poucos também percebi que não fazia tanta diferença. Eu não estava prestando muita atenção em casa e no meu marido. Eu ocasionalmente falava com meus filhos. Eu tinha dado de ombros para a maioria das responsabilidades que me amarravam em casa. Eu estava passando um tempo com um homem que ansiava pela minha companhia. Eu estava livre, mas não 'feliz'. Não era só isso que eu queria? E se é que eu me pergunto por que eu não fui feliz?

Nishikant (para si mesmo) :

Aos poucos, fui começando a gostar de tarefas domésticas. Senti a ausência de Smita em casa. Algo tinha que ser feito em relação a nós dois. Nós, aos 45 anos, estávamos nos afastando um do outro, e o motivo não era razoável. Estou bem ciente de que não sou apaixonado por Aratrika ou por isso qualquer outra pessoa além de Smit. Ainda anseio pelo toque dela, ainda anseio por tomar meu café da manhã com ela. Ainda anseio vê-la feliz. Anseio que sejamos como antes.

Smita (para si mesma) :

As coisas podem ser como antes? Uma pergunta que me assombra todos os dias. Podemos ser como antes, duas almas diferentes entrelaçadas em uma bela relação; completando a parte incompleta um do outro?

Mas por que as coisas deveriam ser como antes?

Ainda tenho 30 anos?

Não temos filhos?

Ainda estamos na faculdade assistindo a um filme na Roxy?

Claro que não. Não somos as mesmas pessoas que éramos quando tínhamos 30 anos. Nishikant mudou, eu estou mudado e a mudança é inevitável. Como poderíamos continuar a ser a mesma pessoa durante um período de 30 anos?

Se nós mesmos não somos os mesmos, como nosso casamento - nossos relacionamentos podem permanecer como antes?

Nishikant (para si mesmo) :

Se nosso relacionamento não é como antes, e se vai piorar com o tempo, então é hora de parar por aqui. É hora de parar antes que apodreça. Vamos sair da vida um do outro. Vamos dar espaço um ao outro. Por que deveríamos ser sobrecarregados de tédio? Queremos chegar a um estágio em que matamos nosso próprio casamento e depois dizemos 'Talvez não valesse a pena'? Antes de chegarmos lá, vamos parar aqui e percorrer nossos caminhos individuais. E se assim Smit for feliz, então eu também serei feliz.

Smita (para si mesma) :

Talvez eu queira espaço, mas com Nishikant não é que ele não me dê meu espaço. No momento em que ele percebe que eu quero meu próprio tempo, ele sai dele sem questionamentos.

A separação é o único caminho para a felicidade? Mas se assim for, demoramos 23 anos para percebermos que não somos feitos uns para os outros? E qual a garantia de que mesmo com Manish esse estado não chegará nos próximos 3 anos? Ainda ontem, mais uma vez tive uma discussão com Manish. Foi uma semana na companhia dele, mas não posso dizer que estou muito feliz, é quase a mesma sensação que tive com Nishikant em nossos dias anteriores, mas tudo mudou com o tempo. Vai mudar com Manish também e não será nada além do mesmo tédio com outro homem, eu preciso ir pela mesma jornada novamente para encontrar a mesma coisa?

Será que estou mesmo à procura de amor com ele?

Porque se é amor, então ninguém me amou como Nishi! E se eu sei disso, por que estou pensando em separação? Tenho certeza de que Nishikant notou a maneira como passo tempo com Manish, mas ele nunca me questionou. Ele confia tanto em mim?

Ainda não sei se é amor por Manish ou o desejo de estar com ele para que eu pudesse ser a versão mais jovem de mim mesma em sua companhia. Tenho saudades de Manish ou quero reviver meus dias mais jovens?

Estou perdido nessa aventura que fiz?

Nishikant (para si mesmo) :

Eu estava perdido.

Smita (para si mesma) :

Ele estava perdido e eu estava perdido.

Nishikant- Smita (juntos) :

Se nós dois estamos perdidos, então vamos apenas enlouquecer um ao outro, é melhor separar e deixar em um ponto bonito.

(Raha Dekhe...♪ pode ser interpretado no filme Raincoat por Shubha Mudgal e Debojyoti Mishra)

Aos poucos, as luzes se apagam

Cena IV: O Café

(Após três anos de divórcio, Smita e Nishikant decidem se conhecer. O encontro acontece no mesmo restaurante onde jantaram mais cedo, no centro do palco)

Nishikant :

Já se passaram três anos.

Smita :

Já se passaram três anos,

Nishikant :

Como você está gastando seu tempo?

Smita :

O dia passa de alguma forma, à noite tento conversar com os amigos da escola ou da faculdade, e Manish se junta quando pode.

Eu invento coisas para matar o tempo, tenho muito disso na mão aqui.

(Ambos falam de forma incoerente, em frases desconexas - incompletas)

Smita :

Como você passa seu tempo?

Nishikant :

Deve ter tempo Smita, faz três anos que não cuido da casa.

Foi então que percebi que nunca fiz parte da casa, de tudo o que você fazia sozinha. Você nunca reclamou disso. Você conseguiu tudo sem mim......

O que você deve estar sentindo?

Não tem ressentimento?

Smita :

Ressentimentos não ajudam na vida conjugal. Se eu tivesse começado a me sentir decepcionado com cada pequena coisa, então acho que o carrinho de casamento não teria sido puxado por vinte e três anos então.....

Nishikant :

Quero salvar nosso casamento; Quero ver nós dois felizes juntos. Eu te amo. Eu suportaria qualquer coisa, absolutamente qualquer coisa para ter você ao meu lado. E se você ainda quiser me deixar algum dia, então eu não posso impedi-lo disso. Então, se esse dia chegar, você está livre para partir e buscar sua felicidade. Mas, por favor, vamos começar tudo de novo a partir de uma folha em branco. Nos últimos três anos, percebi que não há nada mais importante para mim do que nós dois. Eu tenho percorrido esta jornada com você por vinte e três anos. Eu vi o sol nascente com você e também gostaria de ver o sol se pôr da vida com você.

(pausa longa)

Não tenho medo da solidão. Esses três anos me fizeram ver um Diwali diferente, um Natal diferente e até uma estação de monções diferente, é uma casa diferente, apesar de tudo ser o mesmo, mas nada parecido com o que eu tinha com você.

Posso não ter sido o melhor marido do mundo, porque quase nunca mostrei meus sentimentos. Sinto muito por me afastar de você e deixá-lo para trás. Eu virei a Cherrapunji para ver o seu oro....

Chuvas orográficas *(coloca a mão no celular e checa a palavra)*

Talvez, você possa me perguntar por que estou de volta. Não vamos tomar decisões de longo prazo. Não busquemos respostas que já conhecemos e não queremos aceitar.

Se não moramos juntos, podemos sair juntos por alguns dias, apenas nós dois, onde quer que você diga, podemos ir para a Nova Zelândia, Maldivas ou até mesmo Toscana como você sempre quis ir lá.

Smita :

Você está mudado e continua o mesmo. Não o verão da Toscana, mas a monção de Concã. Vamos para nossa casa ancestral em Ratnagiri. Podemos sentar durante todo o dia ouvindo a chuva caindo sobre as telhas de barro cantando uma música da chuva e olhando para as gotas de chuva na minha (nossa) janela.

As luzes desaparecem lentamente e a música

(Konkanchi Chedva pode ser tocado do álbum *Maazhi Gaani* de Vaishali Samant e Avadhoot Gupte... ♪)

Cortina

"Quando vocês se amam, vocês têm que estar prontos para qualquer coisa. Porque o amor é como um caleidoscópio, do tipo com que brincávamos quando éramos crianças. Está em constante movimento e nunca se repete. Se você não entende isso, está condenado a sofrer com algo que realmente só existe para nos fazer felizes".

Roteirista - Nota do Diretor

Raindrops on My Window é escrito e dirigido para o palco como uma história simples, com profundas declarações emocionais e perguntas que marcam o relógio existencial. Ambos os personagens da peça não são amargos um com o outro, mas chegaram a uma fase da vida em que são incapazes de ajudar um relacionamento a desmoronar ou um relacionamento não capaz de permanecer juntos. A história se preocupa com a realidade cotidiana e o desamparo amarrado a um tédio cada vez maior de união. Gotas de Chuva na Minha Janela é uma tentativa de sentar e conversar consigo mesmo, observando a passagem do tempo e o eu em constante mudança. Portanto, na maioria das vezes, os personagens enfrentam o público e conversam consigo mesmos com cenas ocasionais em que realmente conversam entre si. A conversa consigo mesmo de frente para o público é, na verdade, uma conversa com o público que também estaria lidando com as mesmas perguntas ou estaria no mesmo barco. A escrita é sutil e, portanto, a peça exige direção sutil, atuação, cenário e design de luz. A história pode parecer repetitiva, mas essa é a natureza de nossa vida, onde muitas vezes as mesmas coisas se repetem de inúmeras maneiras semelhantes. As músicas mencionadas na peça são sugestivas, o diretor é livre para escolher a música de sua escolha ou até mesmo usar música ao vivo para acompanhar a peça.

Para apresentações públicas e encenação da peça gentilmente entrar em contato com metamorphosistheatreinc@gmail.com

Nota da Crítica

Duas almas amorosas que vivem sob o mesmo teto sofrem a perda não só da novidade, mas do sentido da vida ao longo dos anos de rotina, definhando na miséria e na solidão cada vez maiores, em busca de alternativas. Não se pode dizer que essa crise da meia-idade seja apenas uma realidade urbana de classe média alta, mas também um fenômeno visceral em sociedades de diferentes tipos e sua tragédia só se torna mais sombria. A literatura de Omkar Bhatkar explora a falta de propósito da vida, o tédio que sobrecarrega os relacionamentos e a solidão humana básica através de solilóquios repetitivos fluindo. Em uma rotina chata, momentos aparentemente sem sentido também podem funcionar como uma bomba-relógio. Marcos indecisos tornam-se um padrão sem fim. Através de uma miríade de microespaços, a peça levanta muitas questões fundamentais sobre o amor e a união.

'Pingos de Chuva na Minha Janela' é uma experiência teatral imperdível. Nishikant e Smita interpretados por Prashant Nalskar e Rekha Shetty são memoráveis porque queriam projetar uma vida romântica em ruínas sem qualquer entrada agressiva de confronto. O final é um leve choque agradável transmitido da maneira mais significativa possível. Geografias de Faraway Cherrapunji e da costa de Konkan são motivos poéticos recorrentes na peça que dão uma profundidade interior ao estado de ser do personagem.

-Bharti Birje Diggikar

Poeta, Tradutor

Sobre o Autor

Dr. Omkar Bhatkar

Dr. Omkar Bhatkar é Sociólogo com tese de doutorado sobre Proxêmica e Ecologia Social. É professor visitante há uma década lecionando Teoria do Cinema, Estudos de Cultura e Estudos de Gênero. Ele também atuou como professor para os Programas Internacionais de Sociologia da London School of Economics. Ele é o co-fundador e chefe do 'St. Andrew's Centre for Philosophy and Performing Arts, Mumbai. Dr. Omkar Bhatkar dirige seu próprio grupo de teatro conhecido como Metamorphosis Theatre and Films. Seus trabalhos se concentram em grande parte em Poesia em Movimento, Temas Existencialistas e Peças Francesas Contemporâneas em Tradução. A peça 'Blue Storm', do Dr. Bhatkar, foi selecionada no Asia Playwrights Theatre Festival 2021, realizado na

Coreia do Sul. Embora esteja baseado no teatro, ele também explora o mundo do cinema como um cineasta independente fazendo longas-metragens narrativas e documentários. Ele é um talassofilo atormentado que encontra consolo ao se afogar nas profundezas da poesia e passa sua vida acordada pintando, lendo, escrevendo e se envolvendo em conversas sobre chá preto.

www.ingramcontent.com/pod-product-compliance
Lightning Source LLC
LaVergne TN
LVHW041641070526
838199LV00053B/3495